En el Palacio Ducal de Mantua,
morada de los Gonzaga,
hay una zona
muy curiosa.
Se diría

ideada y construida
para alojar
a una familia de muñecas:
pequeñas habitaciones,
diminutos salones...

La escribieron,
la dibujaron
en unos grandes carteles,
como hacen los juglares
que van por los pueblos
cantando sus canciones
y mostrando
en los cartones
las escenas de sus historias.

Luego,
marcharon en desfile
por las calles de Mantua,
cantando y recitando,
acompañados
por una orquesta de tambores,
sartenes,
tapaderas de latas
y bidones.

Los pobres enanos viven
en unos cuartos pequeños,
con unos techos tan bajos
que casi tocan el suelo.

Allí viven encerrados
como animales en jaulas.
¡Sienten una rabia enorme
al verse cortos de talla!

AL caer la tarde,
antes de dormirse,
los enanos lamentan
en voz baja su desgracia:
—¡Ay! ¿Por qué seremos
nosotros tan bajos
y el Duque tan alto?
—El capitán Bombardo,
el jefe de la guardia ducal,
también es muy alto.
¡Altísimo!

Uno se comió, él solo,
un *parmigiano*[1] entero:
le creció mucho la panza,
pero la estatura... ¡cero!

Queso italiano. Se pronuncia «parmiyano». En España se dice parmesano, del nombre de la ciudad de Parma.

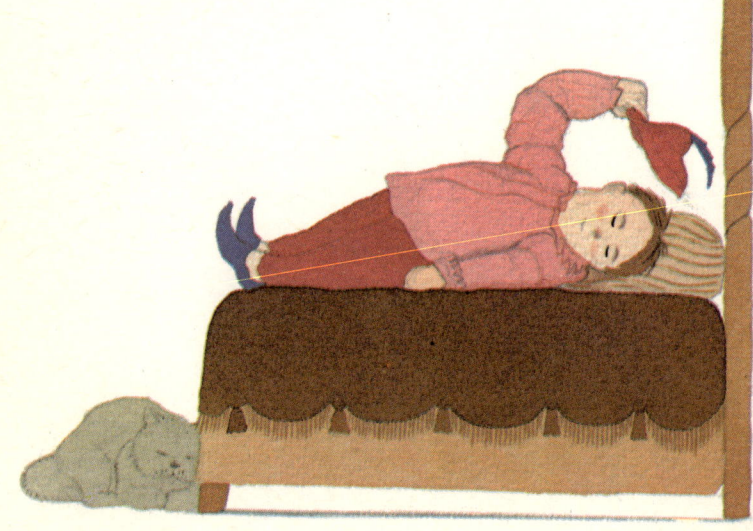

Hicieron mucha gimnasia,
caminaron con las manos.
¡Acrobacia! ¡Atletismo!
¡Pero siguieron enanos!

Otro fue y se acostó
sin ponerse su gorrito:
atrapó un buen constipado...
y siguió tan enanito.

ALGUNAS veces,
el bufón de palacio,
el famoso Rigoletto,
se reía y se burlaba de ellos:
—¿Queréis crecer?
¿Queréis ser altos?
¡Pero si es facilísimo!
Mirad:
todas las noches,
antes de acostaros,
lo que tenéis que hacer
es regaros bien los pies...

¡Así creceréis
como las matas de habichuelas!
¡Ja, ja, ja!

EL más enano de los enanos,
que, por cierto,
se llamaba Habichuelo,
tomó un día
una decisión valiente
y dijo a sus compañeros:
—¡Estoy seguro!
¡Tiene que haber un secreto
para crecer!
¡Me voy a la ciudad
y no volveré
hasta haberlo encontrado...!

Y ahí tenéis al intrépido Habichuelo
vagando por la calles
de la ciudad de Mantua.
Va de un lado para otro
y al final se detiene
frente a un edificio
llamado Palacio Té.
Entre y llega
a la «Sala de los Gigantes».

A la pálida luz de la luna,
que se cuela desde el patio,
ve unos hombres muy altos
pintados en las paredes.

¡Mucho más altos que el Duque
y que el Capitán Bombardo!
Son los gigantes
de las antiguas
leyendas griegas.

Están escalando el monte Olimpo,
donde mora el dios Júpiter,
rey de todos los dioses.
Pero Habichuelo
no ha estudiado
la mitología griega.
Se vuelve
lleno de esperanza
a los gigantes
y les dice:

> Señores, por favor,
> excusen sus mercedes:
> ¿qué tengo que hacer yo
> para ser alto y fuerte?

DURANTE largo rato,
aquellas figuras tan grandes
lo miran en silencio.

En vano les suplica
el pobre enano
que le revelen su secreto.
Finalmente,
uno de ellos
se mueve a compasión y le dice:
—Amigo,
¿quieres saber por qué
tú y tus compañeros
sois enanos?
*¡¡Porque vivís
en habitaciones de enanos!!*
¿Has comprendido?
—No. He oído,
pero no he comprendido nada.
—A mucha gente
le pasa igual:
oye, pero no comprende.
No importa,
vete y reflexiona.
Tal vez llegues
a comprenderlo un día.

Habichuelo corre a palacio
a contar a sus compañeros
el extraño mensaje.
Pero no tiene, casi,
tiempo de abrir la boca,
porque ya se oye
al capitán Bombardo,
que viene tintineando la espada
y restallando la fusta:

¡Venid aprisa, gusanos,
estúpidas criaturas!
Los Duques quieren reírse
y oír vuestras chaladuras...

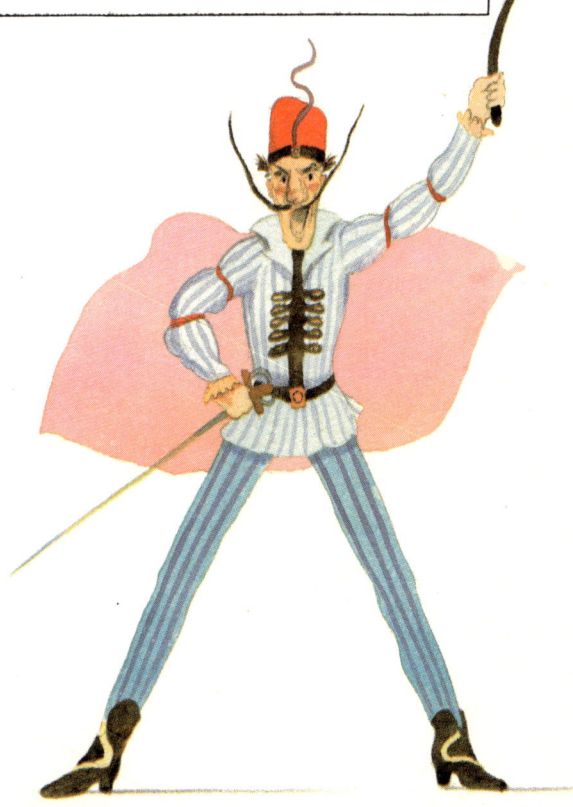

EL bufón Rigoletto,
que tiene una cara muy fiera
y un alma muy negra,
propone, un buen día,
a los señores Duques que,
para divertir a la corte,
los enanos luchen entre sí.
¡Y ay de quien no pelee
en serio!
¡Ay de quien sólo finja
darse golpes!

> ¡Para dar a los Señores
> un espectáculo nuevo,
> ordenamos que luchéis
> hasta rodar por los suelos!

Los enanos,
obligados a luchar entre sí
los unos contra los otros,

experimentan tanta rabia
y humillación,
que aquella misma noche
deciden huir del palacio.

Mientras caminan
por las calles
y callejuelas
lóbregas y desiertas,
sin saber qué hacer
ni a dónde dirigirse,
de repente
oyen unos pasos apresurados,
un estruendo de armas,
y la horrible voz de trueno
del capitán Bombardo

ordenando a sus hombres
que registren toda la ciudad
hasta encontrar a los fugitivos:

¡Buscadlos! ¡Descubridlos!
¡Sacadlos de sus guaridas!
¡Machacadlos sin piedad!
¡Prendedlos a toda prisa!
Si no, os meto en la cárcel...
¡¡Os lo juro por mi vida!!

Los pobrecillos enanos
tiemblan de miedo.
Pero, de pronto,
oyen que los llama
la suave voz de una niña:

> ¡Escondeos en mi casa!
> ¡Hale! ¡Deprisa! ¡Corriendo!
> Soy la desdichada Gilda,
> hija de don Rigoletto.

Y de esa manera,
aquella noche
los enanos la pasaron escondidos
en la casa
de su feroz enemigo Rigoletto,
el bufón de palacio.

GILDA fue tan buena y amable
con ellos
que los enanos
no le dijeron nada
de lo malo que era su padre.

UNA enana
que era un poco adivina,
como no lograba dormirse
se puso a canturrear a media voz:

> Esta casa a mí me huele
> a dolor, horror y miedo.
> ¡Tiemblo cuando pienso en Gilda
> y en su padre, Rigoletto!

(Efectivamente,
muchos años después ocurrió que...
¡Pero bueno!,
ésa es otra historia,
que no tiene nada que ver
con la nuestra...
Si queréis conocerla,
id a ver la ópera «Rigoletto»,
del músico Giuseppe Verdi,
y os enteraréis de todo.)

A la mañana siguiente,
los enanos dan las gracias
a la bella Gilda
y se dispersan
en busca de trabajo
por los barrios
de la gente pobre.
Allí, en general,
son recibidos como hermanos.
Aunque se trate
de hermanos un poco bajitos.

Por lo demás,
el tamaño no se nota
absolutamente nada
en el trabajo,
porque los enanos
saben trabajar
exactamente igual
que los hombres
y las mujeres más altos.

El animoso enano
Habichuelo, que había
dado en una ocasión
la vuelta al mundo,

empieza, poco a poco,
a comprender
las misteriosas palabras
del gigante:
—¡Mira qué curioso!
–piensa–.
En cuanto hemos dejado
las habitaciones de los
enanos, ya somos menos
enanos que antes...
La gente nos respeta.
¡Y hasta hay una chica
que me llama
«señor Habichuelo»...!

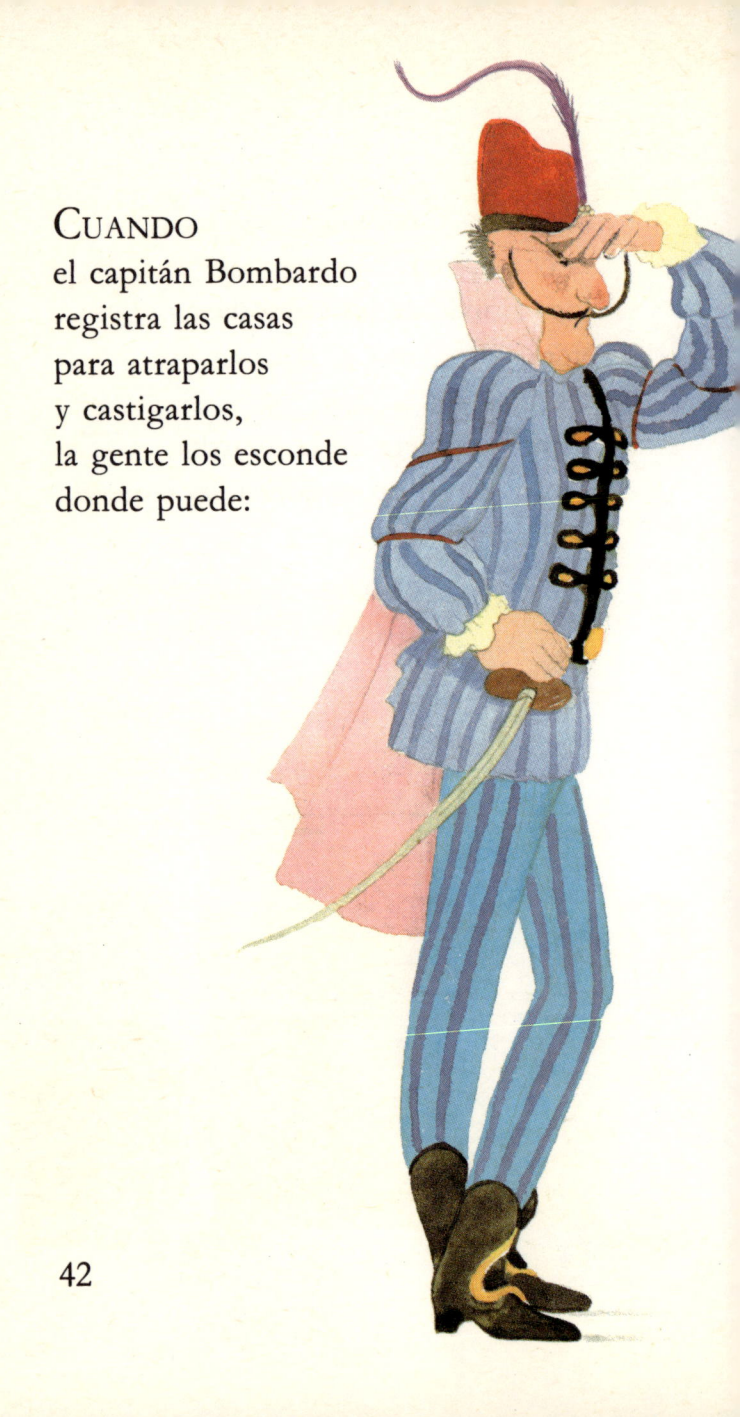

CUANDO
el capitán Bombardo
registra las casas
para atraparlos
y castigarlos,
la gente los esconde
donde puede:

dentro de la campana
de la chimenea,
en los cajones de las cómodas,
etcétera,
sin hacer caso
del bando del jefe de la guardia,
que ruge como un condenado:

«¡Escuchad!
¡Oíd! ¡Atended!
Los enanos
de su Alteza el Duque
han sido secuestrados
por unos
desconocidos malandrines.

Al que nos proporcione
alguna información
que conduzca
a su liberación,
nuestro Serenísimo Soberano
le regalará un caldero
lleno de ducados de oro.

En cambio,
quien los esconda
recibirá cien golpes
con el caldero en la cabeza;
pero... de ducados... ¡nada!»

AL oír aquella horrible
voz, los enanos
empiezan a temblar
como en la noche
de su fuga.

Pero la buena gente
los protege
y dice a los guardias:
—¿Los enanos?
¡Ah, sí!
Antes los vimos
nadando en el lago.

—¿Los enanos?
Yo vi a uno que huía
disfrazado de ratón,
pero se lo comió un gato.

Hay, sin embargo, un vejete
que no hace más que refunfuñar
y mascullar,
retorciéndose
los largos bigotes:

—¡El caso es que... un caldero
lleno de ducados de oro...
Con ese dinero...
¡cuántos vasos de vino
yo podría...!
—¡Bueno... bueno! –le dicen
sus hijos–.
Vale ya.
Y a callar.

Bébase este vino,
que es un vino honrado.
Y después de echarse un trago,
el buen viejo se calma.
Y los enanos ya no tienen miedo.
Después de irse
el capitán Bombardo,
como se van las tormentas,
incluso las que hacen más ruido,
los enanos
reemprenden tranquilamente
su trabajo:

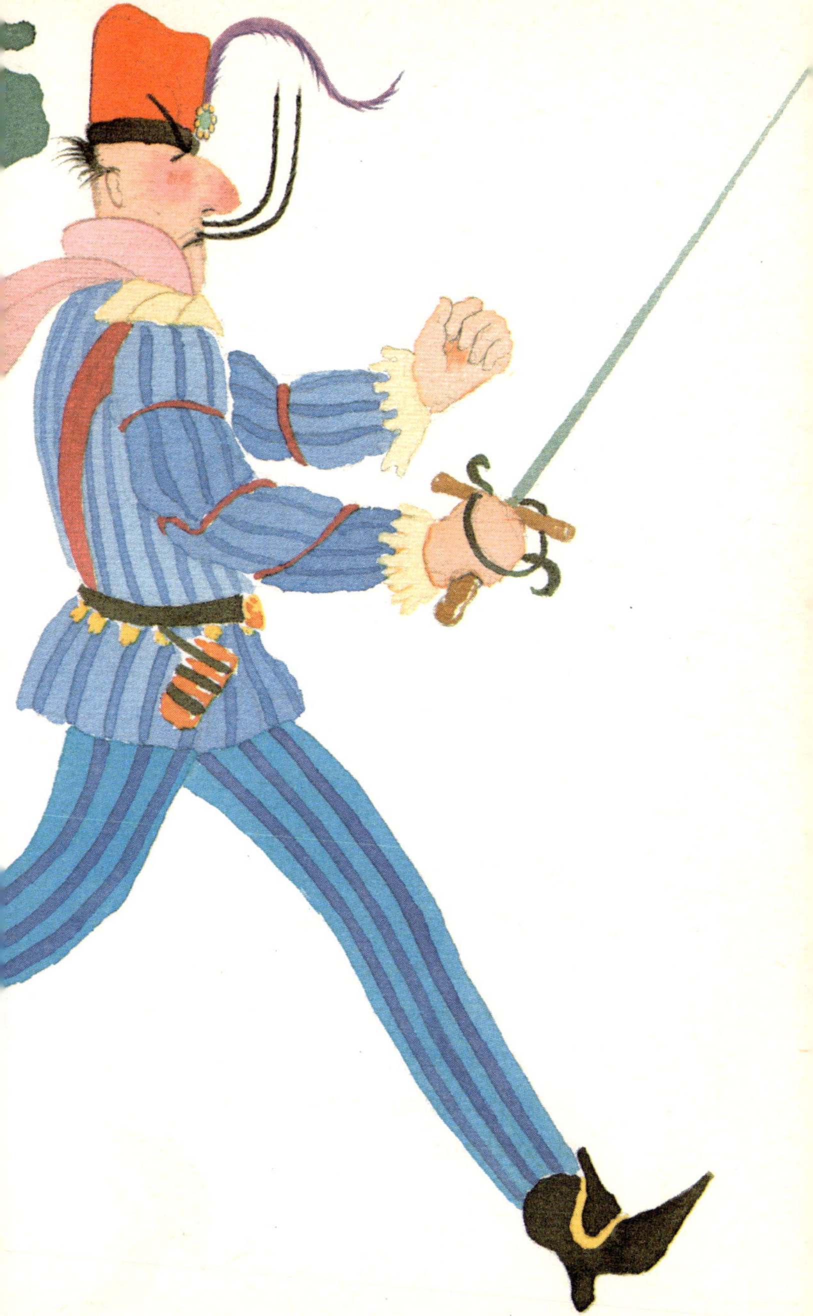

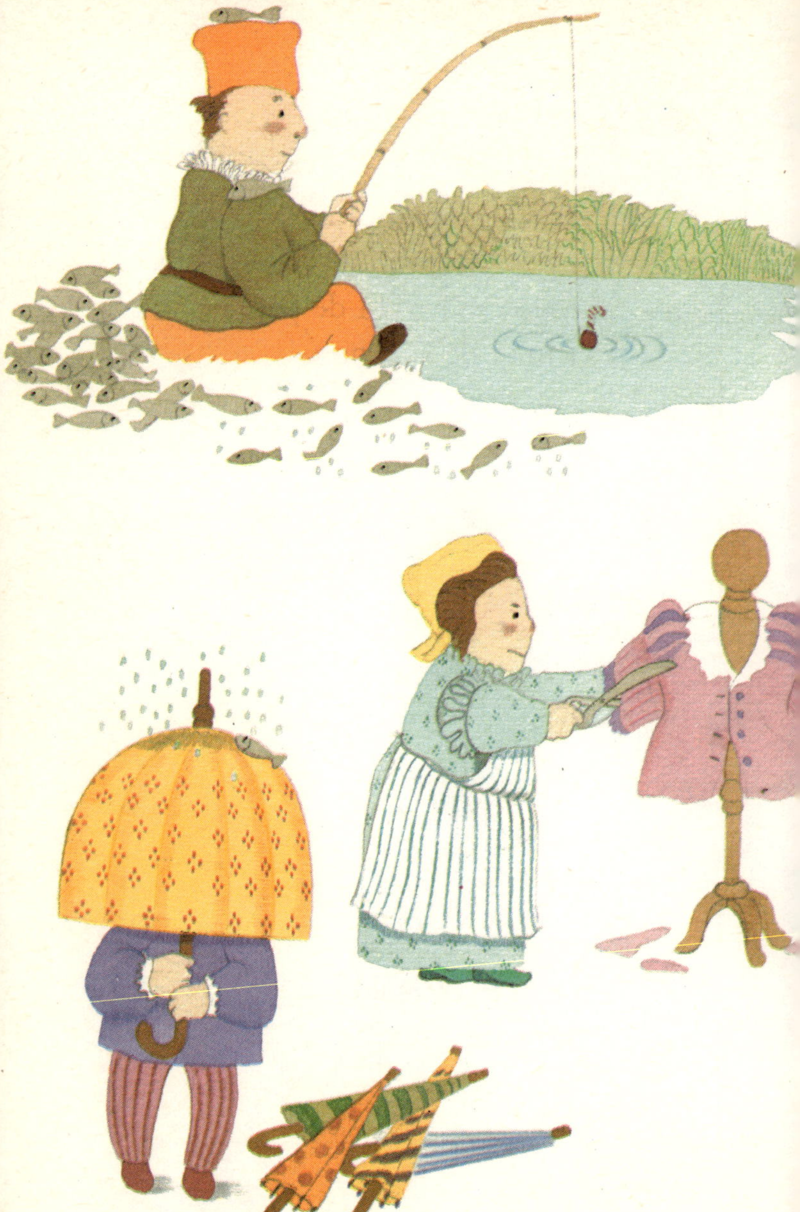

Uno se pone a pescar
y pesca cuarenta docenas.
Y todos se hartan de peces
a la hora de la cena.

La enana se hace famosa
como sastra de primera:
de un viejo traje te saca
una falda o una chaqueta.

Otro fabrica paraguas
y los hace estupendos.
como para darle gusto...
el cielo ya está lloviendo.

Este enano es panadero
y tiene un éxito enorme,
porque en las hogazas mete
caramelos y bombones.

El famoso Habichuelo,
que quiere ser ingeniero,
siempre está buscando fórmulas
para crecer medio metro.

PERO, ¡ay!,
un triste día,
el capitán Bombardo supo
por uno de sus espías
dónde se habían refugiado
los enanos.
Y una mañana gris y fea,
con un ejército
de cien guardias
asaltó el barrio
en donde los enanos vivían
tranquilos,
mezclados con la gente pobre.

MIENTRAS dirigía la operación,
estaba tan seguro del éxito
que cantaba,
acompañándose
con una guitarra desafinada:

> Perdonen, señores,
> si llego con retraso:
> ¡Aquí viene la venganza
> del capitán Bombardo!

PERO los enanos
esta vez no tuvieron miedo.
En altura seguían como antes:
bajitos.
Pero habían crecido en corazón.
¡Ahora tenían
corazón de hombres valientes!
Por eso
hicieron frente sin miedo
al jefe de las tropas,
usando como armas
sus instrumentos de trabajo:

el pescador los zurraba
con la caña en la cabeza
y pescaba guardias con la red
como si fuesen truchas o lucios.
El paragüero les metía
la punta del paraguas en la barriga
a los que se le ponían delante.
Mientras, la sastra les pinchaba
el trasero con sus agujas.
El panadero

no paraba de sacar del horno
tizones encendidos y se los lanzaba
como si fuesen cohetes.
Por su parte,
Habichuelo manejaba la regla,
el compás y la escuadra
como si fuesen sables y espadas.
El capitán Bombardo,
al que también atacaban
las gentes del barrio

que ayudaban a los enanos,
no tuvo más remedio
que batirse en retirada.
Y la enana sastra,
que además de adivina
era también un poco cantarina,
le dedicó una copla.
Decía así:

> ¡Huye, capitán Bombardo!
> Cuéntale a toda la gente
> que **los enanos unidos
> en gigantes se convierten.**

Y todos,
enanos y no enanos,
le hicieron coro allí,
en la bella ciudad de Mantua.